KB131248

나란한 얼굴

엄지용 시집

시인의 말

사랑하는 이에게

당신은 내게 가장 밝은 빛이자 가장 어두운 어둠이고
날 가장 행복하게 하지만 나를 세상 불행하게 만든다

내 가장 큰 팬이자 내 가장 큰 안티여
우리가 공들여 만든 탑을 우리 스스로 파괴할 때에도

하지만 그때에도 사랑하자
언제라도 우린 사랑할 수 있다는 마음 혹은 믿음으로

2019년 1월
엄지용

0부

인용

그 시와 그 소설
그 영화와 그 노래가 좋았던 건

내가 자꾸 널 인용했기 때문이다

골목에서

골목길 어딘가 서서 우리도 이런 거구나 생각한 적 있어요
우리 사이에도 골목이 이렇게 많겠구나 그런 생각이요
사람 살아온 길 다 다르고 당신과 나도 걸어온 길 다른데
그런 우리 둘이 만나려 하니 골목들이 얼마나 많겠나 그런 생각이요

불안하다는 생각을 한 적이 있어요
그럼 우린 어디쯤에서 만나야 하는지 말이예요
당신은 어느 골목을 지나고 있는지
나는 가만히 기다려야 하는지 마중을 나가야 하는지
그 많은 골목 지나다 우리 엇갈리면 어떻게 해야 하는지
그런 마음들이 불안해진 적 있어요

그래도 계속 기웃거리면 어디선가 만나긴 하겠다 생각했어요
그럼 그땐 우리 손을 잡자 말하려고요

사람들은 간절해지면 자기 손을 맞잡고 기도를 하거
든요
  그러니까 우리는 서로 손을 잡자고 하려고요
  우리 손잡은 모양이 기도하는 모양이 될 거예요

  우리는
  그걸 같이 믿으며 살자고요
  손잡은 마음
  그게 우리의 기도가 될 거예요

나의 깊이

어제와는 다른 나무를 보다가
높이만 자랐을 리 없지 싶었다
깊어졌을 테다
뿌리는 더욱 깊어졌을 테다
깊어진 만큼 자라났을 테다
깊이 없이 자라나는 게 없을 테다
도무지 자라난 것 같지 않은 나는
그렇게나 얕구나
그걸 슬퍼해야 하고
그걸 슬퍼해야 했다

그러니까 앞으로 우리는
깊어질 궁리를 해야 한다
큰 사람 말고 깊은 사람
깊은 마음 깊은 사랑
그런 것들을 깊이 가진 그 무엇이 되어야 한다

흠

걷던 아스팔트 깨진 틈에 꽃향기가 난다
그 틈으로 아스팔트는 숨을 쉬었다
깨진 틈은 아스팔트의 흠이었다

나에게도 흠이 있다
너에게도 있을 것이다

나의 흠과 너의 흠이 만나는 곳에도
그 틈에도 아마 싹이 트고 꽃이 필 것이다

흠은 흠이 아니고
그저 틈일 그곳에서
우리는 숨을 쉴 것이고
우리에게서도 꽃향기가 날 것이다

깨진 거울

골목을 들어서면 며칠째 아무도 가져가지 않은
깨진 거울이 버려져 있다
그 앞에 서면 내가 여럿이다
깨진 조각마다 내가 서 있다

나는 그제야
왜 나는 너로 소란스런가를 알았다

너는 내가 깨질 때마다 늘어났다

깨질 때마다 늘어난 너는
마음의 조각마다 서 있었다

11월 광화문에서

구멍을 주먹이 메우면
구멍이 더 커지고
구멍을 바람이 메우면 소리가 된다

구멍에 수만의 바람이 불었고
소리가 된 바람은 하늘로 불었다

눈빛

바다를 보던
사람의 눈빛은 바다를 담아내고
단풍 넋 놓고 바라보면
눈에도 단풍이 들 듯

사랑하는 모양 진하게 보고 있노라면
내 눈에도 그 사랑 서서히 물들어 올 것만 같다

사랑스러운 눈빛은
보내는 눈빛이 아니라 비치는 눈빛 임을 그제야 알
게 된다

서로 사랑스레 바라보던 눈빛의 의미는
우리가 우리에게 얼마나 사랑스러운 존재가 되어주
었는지를 증명한다

언젠가 내 눈빛 사랑스럽다 말했던가
당신이 비친 내 눈빛이다

사랑스러운 눈빛은
보내는 눈빛이 아니라 비치는 눈빛 임을
당신의 눈빛이, 나의 눈빛이 증명한다

빙판길

 카페에서 아이가 갑자기 크게 웃었고, 옆 테이블 어른은 아이를 오랫동안 째려보았다. 집에 가는 길엔 한 아이가 자기가 먹던 빵을 뜯어 비둘기에게 던져주었고, 그 모습을 본 엄마는 기겁하며 아이를 뜯어말렸다. 눈 내린 땅이 눈보다 차가워서 쌓이기만 한다. 녹지 않을 것이다.

무궁화 꽃이 피었습니다

나도 모른 새 다가오던 당신은
왜 그 자리에 서- 멈췄습니까

나는 자꾸 피는 꽃을 찾는데
이 꽃은 대체 언제 피는 거고요

당신 거기 멈춰 선 것이
내 못남 탓은 아니겠지요

꽃은 당신 곁에만 필 것 같아
나는 자꾸 돌아보는데

꽃은 대체 언제 피고
당신은 대체 언제야 곁에 옵니까

제값

요즘 세상 야박하여
외롭다 말하는 이의 외로움은 쳐주지도 않는다던데
외로움은 어디 가야 제값을 받나

어떤 이의 외로움은 말하지 않아도 고귀한지
여기저기 제값 받고 다닌다던데

내 몫의 외로움은 꽤나 하찮은지
누구 제값 쳐주는 이 하나 없네

나는 가여운 외로움을 가진 사람
쳐주지도 않는 외로움만 가진 사람

외롭다 말하는 이의 외로움은 쳐주지도 않는다던데
하여 외롭다 말하는 이의 외로움은 그마저도 외롭나
보네

외롭다 말하는 이의 외로움이야말로 진정 외로운 것
이니
제값의 외로움은 그곳에 있네

행복의 확률

'저 사람 행복해졌으면 좋겠다.'
이렇게 생각하는 사람을 하나씩 늘리는 것

저 사람이 행복하면 내가 좋겠다는 거니까
결국 내 행복의 확률을 높이는 일

서점장(書店葬)

　우리 각자는 서점에 가는 이유 하나씩은 가지고 있다 요즘 나의 그 이유는 장례를 치러주기 위함이다 아름답게 죽은 어떤 책에 대한 명복을 빌어주기 위해 나는 가끔 서점에 간다 내가 생각하는 가장 살아있는 공간인 서점에서 나는 활기차게 살아있는 어떤 책들을 뒤로하고 벽면 서가로 먼저 발을 옮긴다 벽면 서가는 납골당을 닮았다 안타깝게도 고독사한 책들이 대다수라 찾아오는 이 없어 꽃 한 송이 놓여있는 꼴을 보질 못했다 꽃 없이 술 없이 장례를 치른다 사람 죽으면 좋은 곳 가시라 빌어주는데 죽은 책은 어찌 빌어줘야 하나 다음 생엔 종이로 태어나지 말라거나 종이가 된다면 글 따윈 담지 말라 빌어야 하나 나무가 되거든 저 높은 곳에 뿌리내려 사람 손 닿지 말고 살라고 빌어야 하나 여간 시원치 않은 명복을 빌어준다 최소의 명복으로 다시는 나 같은 이의 글을 담지 말라 빌어주고 최대의 명복으로 부디 살아있는 글을 만나 오래 살라 빌어준다 오늘도 조문하듯 서점 간다

안개

희미해지는 것을 바라볼 때
더 자세히 보게 되는 것처럼
더 집중하게 되는 것처럼

나 자꾸 당신 보는 것은

그대 희미해지기 때문이에요
모두 그대 탓이에요

취하지 않았습니다

고개를 삐딱인 당신을 보자니 나도 고개를 삐딱였습
니다
바로 선 것은 우리뿐
세상은 너무도 삐딱였습니다
나는 바로 서는 것엔 관심이 없지만
그댄 바로 보고 싶었습니다
내가 세상을 채워가는 이유들은 종종 이렇습니다

달 보던 밤에

달이 밝아
밤하늘에 섬 하나 만든다

달이 만든 섬에
너가 살고 있고

저 섬에 너가 사는데
나는 여기에 서 있다

나는 여기에 서 있는데
달은 지고 있고

달은 지고 있는데
섬은 선명해진다

섬은 선명해지는데
너는 보이지 않고

너는 보이지 않는데
나는 계속 보고 서 있다

1월이 되면 철원을 생각한다

밤하늘을 생각한다
별 그렇게 많은데
별 이름 하나 모르던 것과
사람 그렇게 많은데
누구 하나 모르던 밤을 생각한다

경계를 생각한다
부대와 부대가 부대를 둘러싼 그곳에서
무엇을 경계하고 섰던가를 생각한다
경계를 하라니
다 적 삼을 수밖에 없던 경계를 생각한다

적이 없을 때
경계를 시작하면 모두가 적이 되던 밤을

1월이 되면 나는 그 밤을 생각한다
1월이 되면 철원을 생각한다

동행

서로 다름은 둘을 공존할 수 없는 존재들처럼 벼랑 끝
에 세워두려 하지만
결국 내 왼손이 잡는 건 너의 오른손이다
같이 간다는 것은 나의 왼손과 너의 오른손이 만나는 것
다른 두 손이 서로를 부둥켜안는 것이다

빛

빛은 언제나 뭉개져서 온다
마치 어디라도
스밀 수 있을 것처럼

머물러

행복은 늘 그대를 사랑하는 이의 곁에 머물러
행복을 찾는 과정은
그대를 사랑하는 이를 찾는 과정이 된다

그대여
나의 행복이 그대 곁에 있듯
그대 행복은 늘 나의 곁에 있다

머물러라
그대는 그대로 머물러
머물러라
나는 그대로 머물러

가장자리

아빠는 하필 등 한가운데가 아파서 전화를 했다. 가장자리가 아프면 혼자 파스를 붙이겠는데 하필 한가운데 가 아파서 전화를 했다. 혼자서는 파스를 붙일 수가 없어서 가장자리만 어루만지다가 내게 전화를 했다.

아빠는 항상 가장자리에 섰었다. 가운데는 내 자리였고, 아빠의 자리는 항상 가장자리. 가장의 자리를 가장자리라고 부르는 건 아닐까 생각했을 때도 있었다.

이제는 아빠네라 부르고, 결혼 전에는 그냥 우리 집이었던 그 집에 갔다. 아빠는 등을 어루만지며 누웠고, 나는 아빠의 아픈 등 한가운데를 어루만지다 파스를 붙였다.

내 자리는 가운데였고, 아빠가 아픈 곳은 가운데였다. 파스를 그 위에 붙인다. 아빠에 손이 닿지 않는 가운데.

파스를 붙이곤 괜히 그 옆에 가장자리를 어루만진다. 아빠의 손이 닿던 유일한 곳. 아빠가 자꾸 만져서 괜히 더 닳고 닳은 것 같은 자리. 아빠의 자리. 이름부터 무거워 말하다 자꾸 놓아버릴 것만 같은 자리. 가장자리.

해야 합니다

먹은 마음이면 금방일 줄 알았는데
잊고 있던 것들 왜 이리 많았는지
치워도 끝이 없는 짐 하나하나들은
몇 개의 추억들을 품고 있던 건지
이 가벼운 하나하나들이
그래서 이리 무겁게도 느껴졌던 건지
어느 날엔 힘이었을 것들이
왜 지금은 짐이 되었는지
버릴 것과 가질 것 구분하고 나면
난 왜 잠들지 못하는지
못 했던 건지 안 했던 건지
그 구분을 온몸으로 깨닫고 나서야
기어코 맞이한 아침이면

나는 이사를 해야 합니다

아침부터 해는 창으로 들어와
바닥에 창 하나를 더 만들고
나는 그 창에 새 하나 앉길 바라며
손으로 새 하나 만들어보지만

그 새는 울지도 못하고
우는 것은 나뿐이란 것을 알게 되는 시간이면
새도 창도 그림자와 그림자라는 것만 깨닫는 시간이면
그래요
나는 기어코 이사를 해야 합니다

무게

무거운 건 더 이상 들고 다니지 않겠다던 그는
모든 것의 무게를 재기 위해 무거운 저울을 이고 다
녔다
그는 저울 위에 올린 무언가의 무게를 재고
저울은 그가 얼마나 무거운 사람인지를 알려줬다
그는 무거운 그 무엇도 들지 않고
그저 저울을 들고 다녔고
그의 걸음은 자꾸 땅속으로만 땅속으로만 꺼졌다

무게를 재지 않아야 가벼워지는 것을 그는 몰랐다
저울은 그가 얼마나 무거운 사람인지를 알려줬다

너무 한 낮

오늘 서울은 동남아보다 더웠다는 말에
당신 곁에 몇 가지 바람을 보냈습니다

당신 지나는 길마다 그늘 하나 따라다녔으면
당신 아이스커피에 얼음이 녹지 않았으면
가끔은 바람 불어 기분 좋게 웃으시기도 하고
우연히 만난 친구가 아이스크림이라도 사준다면

그렇다면 얼마나 좋을까요

그런데
그 모든 바람 이뤄지길 바라느니
곁에 나 하나 두면 좋을 텐데요

여백

건조한 겨울이라 온몸이 푸석인다
어제는 책을 집다 손가락을 베었다
어제는 밥을 먹다 입술이 찢어졌다
그렇게나 메마른 날들에
이렇게나 메마른 내가 있다

오늘은 오랜만에 집에서 점심을 먹었다
회사는 휴가로 쉬었고
아침에 열어본 창이 알려준 바깥 날씨로
외출은 다음으로 미뤘다
나는 이렇게 비우는 날이 되어야 채워진다

어제 베어버린 손가락에 오늘은 연고를 바르고
어제 찢어진 입술에 오늘은 바세린을 바른다

어제 메마른 나에게 오늘은 마르지 않는 무엇을 바
른다
여백을 채우는 여백을 둔다

옷

사랑이 사랑을 벗는다 하고
나도 사랑을 벗는다 하면
우리는 무엇을 입나

한번 걸친 사랑에
한번 벗는 사랑에
우리의 안녕을 걸고 있었다면
우리는 이제 무엇을 입나

동정 하나 주워 입나
걸치고 동냥을 할까
세상 널린 사랑 달라며
우리는 추위에 떨까
동정은 이리도 얇은데
우리는 동정이나 걸칠까

이 추위는 무엇으로 끝나나
사랑은 두껍기나 할까

과거팔이

 트위터에 내 이름을 검색해
 하루에도 몇 번씩 내가 쓴 문장이 소비되는 현장을
본다
 하루에도 몇 번씩 소비되는 문장을 썼었다는 것에
감사하며
 내 문장을 쓰는 사람들이 그 문장이 담긴 책도 소비
해 줬으면 좋겠다고 생각하지만
 수줍은 정산서는 겸손하기 짝이 없다
 소비자는 내 문장으로 무엇을 얻는가
 소비자의 소비는 어디로 가는가
 나는 왜 가격 없는 문장이나 썼는가
 내 문장은 값 싼가 값이 없는가

 나는 문장 팔아 무엇을 얻는가

 다시.

 트위터에 내 이름을 검색해
 하루에도 몇 번씩 나의 과거가 소비되는 현장을 본다
 하루에도 몇 번씩 소비되는 과거가 있었다는 것에

감사하며
　내 과거를 쓰는 사람들이 그 과거가 담긴 책도 소비
해줬으면 좋겠다고 생각하지만
　수줍은 정산서는 겸손하기 짝이 없다

　소비자는 내 과거로 무엇을 얻는가
　소비자의 소비는 어디로 가는가
　나는 왜 가격 없는 과거를 가졌나
　내 과거는 값 싼가 값이 없는가

　나는 과거 팔아 무엇을 얻는가

서로

나에게(서) 너에게(로)
너에게(서) 나에게(로)

그 사이로 흐르다 조각난 서로라는 말은
아무리 다시 붙여봐도 사랑은 아니었고

그렇게 조각난 서로를 빼고 나니
우린 출처 없는 마음들만 갖게 되었네

나에게 너에게
너에게 나에게
누가 보냈는지 모를 이 마음들은 더 이상 서로는 아
니었고
서로라는 그 말은 아무리 다시 붙여봐도
결국은 사랑은 아니었네

우리에게 서로는 동그라미 하나 부족하여
그 둥근 마음 하나 부족하여 아니었네
서로는 사랑은 아니었네

아무의 아무

찬 바람보다 내가 더 차가운 날에는
걷다가
아무라도 보고 싶습니다

아무라도 만나서
아무렇게나 얘기하다
아무렇게나 작별하고
아무런 약속이나 하고 싶습니다

찬 바람보다 내가 더 차가운 날에는
아무가 있었으면 좋겠습니다

그러니까 나 같은 아무가 또 있었으면 좋겠습니다

아무의 아무는 나였으면 좋겠습니다
아무는 아무에게나 있는 거니까
나도 아무의 아무였으면 좋겠습니다

불균형

그댄 그대 하나로도 차고 넘쳐서
내게 기울일 수 없었고

나는 나 하나로 채울 수 없어
자꾸 기울였다

이 불균형이
그렇게 슬픈 것이다 그렇게나 슬픈 것이다

짭조름

언제부턴가 입맛이 싱거워졌는지
설렁탕에 깍두기 국물 붓지도 않고 새우젓도 넣지
않는다
짠 걸 꽤나 좋아하던 나였는데 짠 걸 멀리하게 됐다
국밥에 간을 하지 않아도 나는 거뜬히 뚝배기를 비
울 수 있게 되었다

그 이유 생각하다 스쳐간 기억이 있다
자정이 넘어 탄 택시에서 기사 아저씨와 몇 마디 나
눈 기억

아저씨는 내 야근을 걱정하고 나는 아저씨의 야근을
걱정하며 달린 밤길이었다
택시비 만 사천 원이길래 만 원짜리 한 장 오천 원짜
리 한 장 전하고 괜찮다며 내리는데
아저씨가 굳이 천원 돌려주며 말했다

세상 짠데 혼자 달아 뭐해요
우리 손님도 짜게 살아 짭조름하게

초대장

당신과 나의 마음으로 채우는 시간들은
가끔은 공간처럼 느껴져
들어가서 나오지 않고 오래도록 머무르고만 싶다

이 시간들이 공간이라면 나는
어떻게든 뒹굴고 어떻게든 머무를 것이다

그리고
당신을 초대할 것이다

- 초대장 -

지금 이 시간으로
당신을 초대합니다

선물은 사양합니다
정중히 마음만 받겠습니다
소중한 그 마음만 내가 중히 받겠습니다

장마

눅눅했다 견딜 수 없는 눅눅함이었다
물먹은 스펀지 같은 마음은 몸보다 무거워졌다

몸보다 무거워진 마음은
몸속에서 주저앉는다

우리가 가끔 주저앉는 건
몸보다 마음이 무거워져서였다

제때 볕에 널지 못한 마음은
무거워지다 문드러진다

하필 장마였다

조카

늦은 저녁
누이에게 사진 한 장 날아왔다

우주가 있다
그 어두운 우주 가운데 영롱한 은하수 하나 보인다
그리고 그 가운데 별 하나 반짝인다

은하수가 너라 하고
그 가운데 반짝임은 심장이라 한다

사랑 하나 태어날 때 별 하나 태어난다던데

너는 무려 은하수란다
사랑아
수백억의 사랑아

봄눈

봄을 모르고 봄을 얘기하는 사람의 봄에는 눈이 없다
백날 싹이 트고 꽃만 필 뿐 눈이 오지 않는다

하지만 봄에도 눈이 온다
싹을 얘기하고 꽃만 얘기하는 사람의 봄에도
그 봄에도 눈이 온다

진짜 봄을 아는 사람은
봄에도 눈이 온다는 것을 안다

싹이 트고 꽃이 필 때
눈도 온다는 것을
싹트고 꽃만 피어야 봄이 아닌 것을
눈발 날려 잠시 하얘져도
그래도 봄은 봄인 것을 안다

Angel's share

우리가 기억하는 우리는
지난날의 우리보다 항상 모자랐다
우리의 기억에서 증발해버린 우리는 어디에 있나

믿어야 한다
증발한 우리는 기억 속 우리보다 행복할 거라고

잃어버린 기억은 천사가 가져간 기억이라고

광치기해변

조용히 엉덩이 내어 앉아
오래도록 바라본다

빛을 머금은 바다
한 번의 일렁임에 수백 번의 반짝임

옆에 앉은 너
한 번의 토닥임에 수백 번의 일렁임

잔잔히 빛을 내쉬는 바다가
우리에게 밀려오면

잔잔히 숨을 내쉬던 우리는
서로에게 밀려간다

광치기,
조용한 토닥임의 바다

조별 과제

그저 고등학생이었다
말이 없는 친구가 없는 그래서 무리가 없는 고등학
교 1학년이었다

너희끼리 알아서 조를 짜서 과제를 해오라고
그게 30점짜리 수행평가라고 말했던 도덕 선생님은
정말로 조를 짜주지 않았다

30명 남짓한 반 학생들의 이름과 수행평가 성적이
칠판 앞에 붙던 날
29명의 30점과 조가 없던 단 1명의 0점이 나란히
붙던 날
교실 앞 칠판을 바라보는 모두의 영점이 내게 맞춰
질 때

나는 그저 고등학생이었다
말이 없는 친구가 없는 그래서 무리가 없는 고등학
교 1학년이었다

외면은 당하거나 받는 것이 아니었다

아이들의 잘못이 아니었고 선생님의 잘못도 아니었다
죄지은 적 없는 아이들은 알 수 없는 죄인이 되어 자
수하듯 나를 찾았고
나는 그 고백이 부담스러 또 밖으로 나갔다

당신은 날 외면한 적 없다 다만 찾지 못했을 뿐이다
무리에 드는 일은 내겐 늘 무리였다
나는 그저 처음부터 밖에 있었을 뿐이고
안에 들어갈 생각이 없었을 뿐이다

나는 그저
당신의 밖에 있었다

소원

너와 누워있으면 난 영원히 살고 싶다
아니 그대로 죽고 싶다

ㄱ

내게 약속하던 사람 있었네
기억을 잊었나 야속한 사람

하루

나는 하루 중 밤이 좋아
인생은 하루를 닮았다는 말에
고개를 자꾸 끄덕이고 싶다

점점 밤으로 가는 인생이라면
지금의 뜨거움도
과정 삼을 수 있을 것 같아 그렇다

낮을 밝음으로
밤은 어두움으로만
이해하지 않기 때문에 그렇다

갈수록 진해지고
갈수록 진솔해지고 싶다

언젠가 다시 잠이 든다면
그때부터 다시 꿈을 꾸고 싶다

5월

우리가 함께라면
꽤 먼 길을 가고 싶다

당장이라도 도착할 곳 말고
꽤나 먼 곳에 있는 곳을 향하고 싶다

가는 길에 서로의 인생을 다 훑어내고도
아직 많이 남았다며 안심하고

서로에 기대 한숨 잠들어
그 꿈에서 꽤나 긴 인생을 함께 살고도
눈 뜨면 아직 많이 남았다며 안도할 곳으로

그곳으로 가고 싶다

끝내는 도착하지 않을지라도
평생을 바쳐 갈만한 곳으로

그 먼 길을
함께 가고 싶다

아, 무도

아무도 날 이해하지 않는 날엔
나도 아무도 이해하고 싶지 않지
아무도 나의 위로가 아닌 날엔
당신도 날 위로 삼지 말지
당신이 그리 이기적이니
나도 좀 이기적이어도 되지
그게 공평하지
우리 사이 불공평은 사랑만 남았지
그건 영 쉽지 않네
세상 참 불공평하지
아, 무도

클래식

- 지금 나오는 노래 좋아요
- 좋아하는 노래에요?
- 네
- 이게 무슨 노래에요?
- 그건 잘 몰라요.
- 좋아하는 노래라면서 잘 몰라요?
- 잘 알아야 좋아할 수 있나요?
- 보통 그렇지 않아요?
- 좋아하는 사람을 잘 안다고 생각해본 적은 없어요.
- 알고 싶다는 생각은 하지 않아요?
- 알고 싶다는 건 지금은 잘 알지 못한다는 거잖아요. 알지 못하면서 좋아한다는 거고.
- 이 노래, 좋아할 수도 있겠네요.
- 네, 좋아해요.

창가에 트리

나는 겨울이면 트리를 꾸미는 사람이 좋습니다
오색 빛나는 조명을 씌우고
그 위에 반짝이는 별 하나 달아주는 사람이 좋습니다

그 트리를 창가에 두는 사람이 좋습니다
눈 내리길 기다리며
트리 있는 창가를 바라보는 사람이 좋습니다

알고 있기 때문입니다
창가에 트리가 무엇을 의미하는지

언젠가 본 적이 있기 때문입니다
골목길 지나다 어느 집 창가에서 빛나던 트리를
그리고 그 위에서 빛나던 별을

그 이후로 믿기 때문입니다
창가에 트리를 세워두는 사람은
지나는 모든 이에게 별 하나 선물하는 사람이라고

나는 그 마음을 믿기 때문입니다

나란한 얼굴

해가 우리와 나란해지는 시간
우리도 마주한 얼굴을
나란히 한다

나란한 얼굴
가지런한 팔과 다리

우리가 선 위에 있다면
우리는 앞뒤 말고
나란히 서기로 한다

순서가 없는 얼굴로
그 나란한 얼굴들로

삶

누구를 찾기 위해 둘러보던 그녀는
아무도 없길 바랄 때도 둘러보았다

다가오는 이에게 손을 흔들던 그는
멀어지는 이에게도 손을 흔들었다

머리를 채우기 위해 읽던 그녀는
머리를 비우기 위해서도 읽었다

널 간직하기 위해 쓰던 나는
널 보내기 위해서도 써야 했다

살기 위해 살던 나는
죽기 위해서도 살아야 했다

젠가

너의 말위에 내 말을 얹고
그 위로 너의 말을 얹고
그 위로 또 나의 말을 얹고

그것들의 반복으로
덩치 커진 우리에서
다시 너의 말을 빼고
나의 말을 빼고
그러다 무너져서 말들은
잔해가 되고 부서지네

사랑한다는 그 말은
제일 나중에 얹을 걸 그랬지
언젠가 했던 그 말 빼고 나니
우리는 잔해가 되고 부서지네

애도

누군가 때문에 도로 위에 잠든 무언가
찌푸린 얼굴들 비집고
모여든 비둘기들은 무언갈 위한 장례
불 꺼진 십자기 위로 앉은 새들의 애도
그 누군가는 가고 없고
누구도 애도하지 않는
누군가의 월요일 아침
아무리 둘러봐도 눈 씻을 곳 하나 없던 도로

영원

죽음을 맹세하는 사랑 말고
살아있는 사랑을 사랑하기로 한다

그게 그거라고 말하는 사람에겐
설명하지 않기로 한다

기어코 죽지 않고
살아남아 숨 쉬는 사랑은
나만 알기로 한다

그 이야기

그는 누구에게도 미움받은 적이 없었다
그건 그가 어디에도 머문 적이 없었기 때문이라고
흘러가던 구름이 전했다
적 없는 이에겐 적이 없다고
구름은 단 한 번도 머무르지 않고 흘러갔다

그는 누구도 사랑해본 적
누구에게서 사랑을 받아본 적도 없었다
적 없는 이에겐 적이 없다고
구름은 단 한 번도 머무르지 않고 흘러가며 말했다

그는 구름이 머무는 곳을 찾아 나섰고
그는 어디도 머물지 않고 흘러 다녔다
사랑도 없지만 미움도 없는 그는
적 없이 흔적 없이 흘러 다녔다

목련 피던 날

핀다
그 다음은 진다

하지만 내가 너를 사랑해서
핀다
그 다음은 산다고 믿는다

피어난 우리는 봄날을 살았다
우리는 지는 동안도 사는 것을 믿었다

핀다
그 다음은 살아야 한다

우린 꽃을 보면 봄인 줄 알아
서로의 곁에서 봄날을 살았다

우리는 우리를 사랑해서
서로의 곁에서 봄날을 살았다

아는 사람

나는 날 긍정하게 한 사람의 부정도 믿는다
내게 보여준 단면은 그의 일부라 믿는다
그는 얼마든지 입체적이고
나도 얼마든지 입체적이다
그의 명도 암도 그라고 믿어줄 수 있다
아는 사람을 정말 어디까지 알 수 있는지 알 수 없다
그를 아나요? 물어온다면
제가 아는 만큼만 알아요 말할 수 있다
당신이 날 아는 만큼만 아는 것처럼
우린 딱 그만큼만 아는 사람들

세상에 모든 추모

모르고 살던 신을 찾는다
믿고 싶지 않은 일을 대하니
믿지 않다가 믿고 싶어진다
당신 손을 부여잡을 수 없었으니
내 손을 부여잡고 바란다

당신에게 말 한마디 못 했으니
신에게 대신하여 말한다

이제는 앞장서지 마시라
앞에 서서 먼저 가지 마시라
부디 이제 좋은 곳을 가시라

쓰는 일

내뱉는 말보다 새기는 글을 믿는 나는
너를 무작정 써 내려간다

두서 없이 낙서하듯
줄도 마음대로 바꿔가며

네가 좋아하는 음식 : 매운 떡볶이
네가 여러 번 읽었다던 책 : 젊은 베르테르의 슬픔

그걸 써 내려가다 보면 안다
내가 널 얼마나 알고 있는지에 대해
너에게 얼마나 마음을 썼는지에 대해

쓰다 보면 알게 된다
말은 멀어지고
글은 다가오는 것을 알게 된다
쓰는 일
그걸로 네가 다가오는 것을
써 내려가는 동안 알게 된다

내려가다 보면
우리가 얼마나 깊었는지에 대해 알게 된다

마음은 쓸수록
왜 깊어지는지에 대해 알게 된다

9월의 하늘

9월만 되면 하늘이 낮아 보인다던 사람이 있었다
남들 다 하늘 높다 하던데
하늘은 높고 말은 살이 찐다 하던데
같은 하늘인데 자기는 저 하늘이 낮아 보인다고
구름이 손만 뻗으면 닿을 것 같아서
가을 하늘이 정말 낮아 보인다고 말하던 사람이 있
었다

가을마다 이 말을 하던 사람 덕에
그 하늘 아래 갇히는 사람도 있었다

누군가의 하늘을 낮춰 놓고
누군가를 그 하늘 아래 가둬 놓고
가을이면 그 말만 생각나게
자기 안에 누구를 가둬 놓고 사라진 사람이 있었다

가을 하늘은 낮아서
9월만 되면 나는
이 바람만 불면 나는
이 낮은 하늘이 무거워서

하늘이 점점 낮아질까 무서워서
마음을 절로 절뚝거린다

섬이 된 사람들

모여있는 섬들이 외롭지 않을 거란 건
육지의 착각이라고

육지는 섬이 아니라고 생각하는 건
섬들의 착각이라고

가장 큰 섬에 서-있는 나는
누구의 착각 속에나 서- 있네

각자

무엇인가 무서워 숨어버렸지만
숨어버린 사실은 또 숨겨버렸다

그들은-우리는-
그렇게 드러나 있다

입관

수고하셨다는 말을 슬퍼합니다
보고 싶다는 말을 슬퍼합니다
사랑한다는 말을 슬퍼합니다

나는 감히 당신을 슬퍼할 수 없어
당신 향하던 말들이나 슬퍼합니다

남김없이 저 혼자 다 쓴 슬픔이니
가져갈 생각 마셔야 합니다

나는 또 당신 향하던 말들이나
당신 향했던 시들이나
그런 것들을 슬퍼할 테니
당신은 슬프지 않아야 합니다

17시

퇴근 시간이 다가올 때 창문 밖 세상이 어찌나 예쁘
던지요
그때의 햇살이 유독 따뜻해 보이는 이유를 나는 압
니다
나도 해도 같이 퇴근을 앞두었기 때문이지요
해는 지기 전에 덤 같은 선물을 많이 주고 갑니다
따뜻한 햇살과 노을 같은 것들이 그렇습니다
해는 잔업을 남기는 일이 없어요
오늘 줄 햇빛은 오늘 다 주고 가지요

오늘은 그 선물 우리 같이 받을까요
좋은 것 보면 당신과 나누고 싶던데
그 선물 혼자 받기 벅차던데요
우리 같이면 충분히 받아올 텐데요
퇴근 후에 볼까요
해가 주고 싶은 게 있다던데요
내가 주고 싶은 마음이 있는데요

너는 내가 될 수 없다

나는 네가 될 수 있다

됐었고, 될 수 있다
하루에도 몇 번은 됐었고, 될 수 있었다

웃음이 기뻤고
슬픔이 슬펐다
아프다는 한마디에 아팠고
내뱉는 한숨이 무거웠다
그렇게 나는 네가 되곤 했고, 될 수 있었다

하지만 너는 아니다

너는 어느 순간에도 오로지 너였고
가끔 네가 되어버리는 나는
세상 어디에도 없는 사람이었다

너는 내가 될 수 없다

개와 늑대의 시간

나는 너의 낮과 밤 사이에 있어

저기 다가오는 그림자가
개인지 늑대인지 모르겠는 그 시간에
그 시간에 내가 있어

개인지 늑대인지 알 수 없다면
개도 늑대도 아닌 거지
내가 거기에 있어

너에게 나는 무엇도 아닌 시간에
네가 무엇으로도 규정짓지 않는
내가 있어

나는 너의 낮과 밤 사이에 있어

이름아

교복 한편에 박힌 단어로
처음 내게도 박혔던 너의 이름은
고작 세 개의 글자로 세계를 만든다

태초부터 종말까지 담아버린 문장아
그 서사의 문장이 된 이름아

마침표 하날 찍지 못해
끝나질 않는 문장아

문장 하나 끝내지 못하는 문장가 앞에
네 이름은 어찌나 긴 문장인가

이름아 이름아

엄마와 코끼리

엄마는 다시 태어나면 코끼리로 태어나고 싶다고 말을 했네 아무도 해치지 않고 아무에게도 해침 당하지 않고 누구도 신경 쓰지 않고 사는 코끼리로 다시 태어나고 싶다고 엄마는 말을 했네 엄마는 말을 했네 엄마는 다시 태어난다면 엄마라는 존재로는 다시 태어나고 싶지 않다고 그건 엄마가 너무 미안해서 그러고 싶지 않다고 말을 했네

나는 언젠가 코끼리 눈을 한참을 바라봤던 것을 기억하는데 나는 그 눈을 기억해서 엄마의 눈이 너무 슬펐네 엄마는 코끼리는 자유로울 것 같다고 말했는데 나는 그 순간에도 슬펐던 코끼리 눈을 떠올리고 다시 엄마 눈을 바라봐서 엄마한테 미안했네 엄마는 엄마로 태어나고 싶지 않다 했는데 나는 엄마를 또 엄마로 불러 미안했네

반복 재생

열차가 오금역에 도착했고
남자는 두리번 거린다
종착역 임을 알고 있다
사람들이 내린다
남자와 이어폰을 나눠 낀 여자가 눈을 뜬다
남자는 얼른 눈을 감는다
여자는 두리번 거린다
남자를 깨운다
남자는 놀란 척 눈 뜬다
벌써 도착했나 묻는다
서로는 마주 본다
여자 먼저 웃는다
함께 일어선다
이어폰은 빼지 않는다
계속 노래가 나올 것이다
끝나지 않는 사랑 노래가

싸구려 구두

나는 예쁘고 비싼 구두 대신
싸고 투박하지만 마음이 편한 구두를 택했다
상처 입는 것이 두려워 아끼고 아끼기 싫었다
언제나 몸보단 마음이 편하고 싶었다
상처를 두려워하는 건 마음이 불편했다
상처도 감수하기 시작하면 마음이 편해졌다
우리 앞에 놓인 길은 무척 험했고
나는 싸구려 구두를 신고 걸었다

간절기

우리는 간절기에 만났다

지난 계절은 외투 하나 남기지 않았고
올 계절이 무엇인지도 모르는 채
옷장을 치웠다
그저 간절기를 살았다

그때 알았다
어떤 계절은 미련 하나 없이 지나간다

그때는 몰랐다
우리는 다른 계절을 산다

내가 맞이할 계절과
네가 맞이할 계절은 다르다는 것을
그때는 몰랐다

그냥 그때는
간절기였다
적당히 춥고 적당히 덥던

그 간절기가 지나
우리는 서로 다른 계절을 맞았다

이번 계절은 너를 잃어버리는 속도로 지나간다

동서울터미널

안녕,
너에게 향하는 말은 아니었다
너의 안녕도 나에게 오는 말은 아니었다
받지 못한 안녕에
나는 차마 안녕을 보내지 못했다

터미널,
안녕들의 무덤

안녕이란 말로 헤어지는 건 너무 이상한 것 같아
그 말에는 우리도 없고
그 말에는 기억도 없는 것 같아
아무 일 없이 아무 탈 없이
그게 우리 사이에 할 말은 아닌 것 같아

그런데도
안녕, 안녕

헤어질 때 하는 안녕이야말로 가장 안녕치 못한 말
이라고

그 말을 하면서도
안녕, 안녕

터미널,
안녕들의 무덤에
우리의 안녕도 묻는다

약속

바닐라 색 하늘에 별 무리가 반짝일 때
비가 쏟아지던 하늘 끝에 무지개가 보일 때
우리가 서로 기대어 사랑 비슷한 것들을 말할 때
현실감 없는 현실이 우리의 현실일 때
우리 약속 하나 할까요
현실보다 우리를 믿기로

남겨두어야 한다

언제든 핑계 하나는 남겨두어야 한다

그래서
언제든 아쉬워할 후회 하나 남겨두어야 하고
언제든 돌아갈 사람 하나 남겨두어야 한다

그리곤 돌아가지 않아야 한다

남겨두어야 한다

감상(鑑賞)

김경현 (시인 · 수필가)

김은비 (수필가)

정다정 (시인 · 소설가)

태재 (시인 · 수필가)

행복을 찾는 과정

김경현 (시인 · 수필가)

관찰은 고달프다. 세심하게 지켜보지 않으면 의미가 없어지기 때문이다. 관찰에 염두를 더하면 시가 된다. 사람들이 무심하게 지나치는 것들에 한 번 더 눈길을 주며 의미를 찾아내는 일. 사물의 의미가 사라지지 않을까 노심초사하고 전전긍긍하는 일. 시.

나는 세상의 모든 것을 관찰하는 일 따위를 자신의 업으로 삼는, 시인의 삶이란 무척 고달플 거라고 지레짐작했다. 그래서 시집을 읽거나 시를 쓰는 사람들을 만나면 그들이 바라보는 세상과 그들이 염두에 두고 있는 생각이 궁금했지만, 직접 묻지는 않았다.

시간을 기억하고 더듬고픈 탓이다. 시인의 시간. 누가 시키지도 않았을 텐데 관찰하고 기록하고 기뻐하며 아

파했을. 마음에 드는 시집을 읽고 나면 눈을 감고 울룩불
룩 발자국을 내고 지나간 문장을 떠올린다. 시인의 시간
속으로 빨려 들어가 하나가 되는 문장.

엄지용 시집 《나란한 얼굴》은 깨진 아스팔트 틈에서 꽃
향기를 맡아내고, 빙판길에서 녹지 않는 눈을 발견한다.
시집을 꼼꼼하게 읽은 독자들이라면 그가 세상을 묵묵
히 바라보며 적어둔 행복을 찾는 과정을 속속들이 찾아
낼 수 있으리라 기대한다.

해가 우리와 나란해지는 시간
우리도 마주한 얼굴을
나란히 한다

나란한 얼굴
가지런한 팔과 다리

우리가 선 위에 있다면
우리는 앞뒤 말고
나란히 서기로 한다

순서가 없는 얼굴로
그 나란한 얼굴들로

—「나란한 얼굴」 전문 (p.62)

나란히 서면 서로 '앞서거니 뒤서거니'가 없다. 누가 먼

저랄 것 없는, 누가 나중이랄 것도 없는 나란함. '순서가 없는 얼굴, 그 나란한 얼굴'은 '우리'를 그 어떤 것에도 종속시키거나 굴복시키지 않고 동등한 자세와 태도로 대하게 한다.

'선'이 줄(線)인 지 정당하고 도덕적 기준을 말하는 착함(善)인지는 알 길이 없다. 다만 시인의 의도를 상상하는 것 또한 시집을 읽는 즐거움 중 하나라고 여겨본다면 '선'을 단순히 우리 앞에 그어놓은 줄만으로 생각하지는 않기로 하자.

세상에는 최악과 악, 차악, 차선과 선, 최선이 존재한다. 최악과 최선 사이를 오가는 선택 위에 서는 것이 삶이라고 한다면, 우리는 엄지용 시인의 말처럼 앞뒤 순서대로 서는 방법보다 나란히 서기로 하자. 누가 먼저랄 것 없는 우리가 되어.

사랑이나 행복을 찾는 방법은 나란히 서는 것처럼 지극히 단순할지도 모른다. 세상을 너무 어렵게 생각하는 우리는, 있을지 없을지 모르는 불확실함 속에서 누군가 나 대신 확실하게 대답해주길 바라기도 한다. 이미 갖고 있을지도 모르는데. 아니, 이미 갖고 있는데도.

엄지용 시인은 시집 〈나란한 얼굴〉에서 사랑을 알려주기도 하지만, 사랑을 깨닫게 해주기도 한다. 사랑은 어떤 방식이어야 하는가. 녹지 않을 것만 같은 눈 내린 땅. 눈보다 차가워서 쌓이기만 하는 땅. 땅은 어떻게 빙판길이 되는가. 사랑은 어떻게.

카페에서 아이가 갑자기 크게 웃었고, 옆 테이블 어른은 아이를 오랫동안 째려보았다. 집에 가는 길엔 한 아이가 자기가 먹던 빵을 뜯어 비둘기에게 던져주었고, 그 모습을 본 엄마는 기겁하며 아이를 뜯어말렸다. 눈 내린 땅이 눈보다 차가워서 쌓이기만 한다. 녹지 않을 것이다.

— 「빙판길」전문 (p.23)

어른들이 아이를 대하는 모습에서 우리는 '녹지 않을 것이다'라고 단언한 시인이 바라본 빙판길을 마주하게 된다. 미끄러운 빙판길 위에 위태롭게 서 있는 아이와 눈보다 차가워서 쌓이기만 하는 눈 내린 땅을. 하지만 크게 웃기를, 먹던 빵이라도 누군가에게 나눌 수 있기를.

아이의 웃음과 빵이 '녹지 않을 것'이라던 빙판길을 녹이는 봄이 되기를. 봄에도 눈이 오지만, '싹이 트고 꽃이 필 때 / 눈도 온다는 것을 / 싹트고 꽃만 피어야 봄이 아닌 것을 / 눈발 날려 잠시 하얘져도 / 그래도 봄은 봄인 것을 (—「봄눈」중에서 p.50)' 이제 우리, 알기에. 이렇게.

'저 사람 행복해졌으면 좋겠다.'
이렇게 생각하는 사람을 하나씩 늘리는 것

저 사람이 행복하면 내가 좋겠다는 거니까

결국 내 행복의 확률을 높이는 일

—「행복의 확률」 전문 (p.26)

시인은 손에 잡힐 듯 잡히지 않는 행복의 확률을 높여가며 그 방법을 발견할 수 있는 장면을 계속 보여준다. 그에게 '같이 간다는 것은 (중략) 다른 두 손이 서로를 부둥켜안는 것.(—「동행」 중에서 p.32)'이므로. '저 사람 행복해졌으면 좋겠다.'라는 말은 행복의 확률을 높이는 일이므로.

자정을 넘어 탄 택시에서 서로의 야근을 걱정하다 괜찮다며 내리는 시인에게 굳이 천 원을 돌려주며 "세상 짠데 혼자 달아 뭐 해요 / 우리 손님도 짜게 살아 짭조름하게" (—「봄눈」 중에서 p.46)라고 말하는 택시기사님의 모습은 아이러니하게도 짠 세상에 혼자 단 모습을 보여준다.

서로를 걱정하고, 서로의 행복을 바라며, 서로의 단 인생을 바라는 사람들. '깊은 사람, 깊은 마음, 깊은 사랑 그런 것들을 깊이 가진 그 무엇이 되어야 한다.'라는, '갈수록 진해지고 갈수록 진솔해지고 싶다(—「하루」 중에서 p.57)'라고 말하는 시인의 염원은 이미 이루어져 있을지도 모르겠다.

'싸구려 구두'를 신고 걷더라도 '현실보다 우리를 믿으며', 엄지용 시인이 알려준 행복을 찾는 과정들이 독자들

에게 사랑으로 존재하기를 빌며. 엄지용의 새 시집을 읽
는 나란한 얼굴들을 축복하며, 기도하며.

그때, 우리는 나란했다

김은비 (수필가)

언젠가 다른 시차에서 나란했던 일이 떠올랐다. 나의 시간은 모두가 잠든 새벽이었으나 나는 잠들지 않고 있던 시간이었다. 반대로 파리에 있는 상대의 시간은 이제 막 저녁 식사를 마쳤다며 내게 씻고 오겠다는 메시지를 보내올 때였다. 그렇게 잠잘 준비를 하고는 8,976km 떨어진 각자의 침대에 누워 한참을 떠들다가 서로에게 '잘 자' 하고 인사를 건네던 그때, 우리는 나란했다.

벌어진 '흄'이나 '깨진 거울'처럼 불완전한 우리는 사랑을 안전선 삼아 견고해지는 연습을 한다. 그러나 연습은 어디까지나 연습일 뿐, 우리는 끊임없이 불안정하여 어느 때는 환하게 밝은 도심의 빛에 안심했다가 또 어느 때는 가로등 하나 없는 좁은 골목을 지나야만 하기도 한다. 사람들은 각기 다른 골목을 지나는데 작가는 이 시집을 통해 독자의 골목에 서서 손을 맞잡고 기도해준다. 이 책에 나오는 신체와 감정, 장소와 계절은 모두 다른 온도를 가리킬 테지만 이 책을 덮을 때 작가는 독자와 나란한 얼굴로 추억 속에 존재하면서 동시에 기억될 것이다.

나란한 얼굴을 갖기 위한 방법

정다정 (시인 · 소설가)

나는 자주 나란한 얼굴을 갖기 실패했다. 누군가와는 서로 마주 보고 걷느라 넘어졌다. 누군가의 옆모습만 보다가 목이 뻐근했던 적도 있으며, 나의 옆모습만 보는 이의 시선이 부담스러워 그를 지나쳐온 적도 있었다. 지나간 사랑은 모두 실패담이 된다. 실패의 이유는 좀처럼 알기 쉽지 않다. 실패의 이유를 알기 실패하고 또 실패하고. 실패의 실패의 역사가 된다. 누군가는 알지도 못하고 부딪혀야 하는 것이 두려워져서 시도조차 하지 않겠다는 다짐을 하고, 종종 무색한 다짐이 되어버린다. 누군가는 용감하게도 실패하고 실패하면서 알게 된다. 실패의 이유를 알게 되고, 알게 되어도 실패할지도 모른다는 사실 앞에서도 차분하고도 아름답게 다시 부딪힌다. 시인은 후자의 사람 같아 보인다. 그는 실패하면서 알게 된 것을 가장자리에 서서 차분히 받아쓸 줄 아는 사람이다.

그리고는 용감하게, 실패해도 상관없다는 자세로 모든 사랑을 겸허히 겪어낸다. 그리고 쓴다. 이 시집은 시인의 고요하고 자상한 무용담이다.

> 골목길 어딘가 서서 우리도 이런 거구나 생각한 적 있어요
> 우리 사이에도 골목이 이렇게 많겠구나 그런 생각이요
> 사람 살아온 길 다 다르고 당신과 나도 걸어온 길 다른데
> 그런 우리 둘이 만나려 하니 골목들이 얼마나 많겠나 그런 생각이요
>
> 불안하다는 생각을 한 적이 있어요
> 그럼 우린 어디쯤에서 만나야 하는지 말이에요
> 당신은 어느 골목을 지나고 있는지
> 나는 가만히 기다려야 하는지 마중을 나가야 하는지
> 그 많은 골목 지나다 우리 엇갈리면 어떻게 해야 하는지
> 그런 마음들이 불안해진 적 있어요
>
> 그래도 계속 기웃거리면 어디선가 만나긴 하겠다 생각했어요
> 그럼 그땐 우리 손을 잡자 말하려고요
>
> —「골목에서」중에서 (p.16)

골목은 우연히 발생하는 길이다. 도로처럼 계획에 따라 만들어지지 않는다. 집과 집 사이, 담벼락과 담벼락 사이에 남은 길이 골목이 된다. 시에서 우리 사이에 남은 우연한 길이 골목이 된다. 사람들은 우연한 것에 기대고 싶어 하지만, 역설적이게도 우연을 두려워하기도 한다. 골목을 생각해볼까. 지도를 꺼내 보지 않고는 골목의 방향

을 알아내기는 어렵다. 자주 막다른 길과 마주치고, 크게 돌아가야 할지도 모른다. 그러니까 최적의, 최선의 길을 찾아 빠르게 목적지로 가고자 한다면 이 우연한 길은 걸림돌이 되기도 한다. 시인은 우연의 두려움을 알고도 기꺼이 골목에서 서성인다. 예측할 수 없는 걸음을 기꺼이 걸으며 우연한 당신과 만나고자 한다.

사람들은 간절해지면 자기 손을 맞잡고 기도를 하거든요
그러니까 우리는 서로 손을 잡자고 하려고요
우리 손잡은 모양이 기도하는 모양이 될 거예요

우리는
그걸 같이 믿으며 살자고요

손잡은 마음
그게 우리의 기도가 될 거예요

—「골목에서」 중에서 (p.16)

그리고 마침내 만난 당신과 손을 잡는다. 기도하는 모양으로 맞닿은 손에서 우연은 둘에게 더는 우연의 이름으로 다가오지 않는다. 필연이 되기도 하고, 운명의 모습을 하고 다가오기도 한다. 두 사람이 우연을 다른 이름으로 부르기로 하는 이 지점에서 사랑이 탄생한다.

사랑이 시작되면 우리는 나와 당신의 차이보다는 유사함을 찾기 바빠진다. 유사함을 찾다가 어느 지점에 이

르러서는 나와 당신의 동일성을 찾고, 마치 그것이 사랑의 필수충분 조건인 듯 굴기 시작한다. 함께 눈물을 흘리는 경험 속에서 나의 슬픔과 당신의 슬픔을 동일시하고, 그 후에는 이 동일한 감정을 당연시하게 된다. 그러나 시인의 선언과 같은 문장처럼 너는 내가 될 수 없다. 눈물을 흘리는 주체는 어디까지나 당신과 나 각자의 몫이다. 아래의 시에는 '네가 되려고 하는' 시도들이 있다.

나는 네가 될 수 있다

됐었고, 될 수 있다
하루에도 몇 번은 됐었고, 될 수 있었다

웃음이 기뻤고
슬픔이 슬펐다
아프다는 한마디에 아팠고
내뱉는 한숨이 무거웠다
그렇게 나는 네가 되곤 했고, 될 수 있었다

하지만 너는 아니다

—「너는 내가 될 수 없다」 중에서 (p.77)

나는 네가 될 수 있다고 선언하며 시작한다. 자신의 시도를 다시 받아 적고 당신은 내가 될 수 없다고 연을 바꿔 적는다. 이 말에 담긴 슬픔은 정말로 당신이 내가 될 수 없기 때문이 아니다. 시 속의 너는 내가 되려는 시도

조차 하지 않는 사람일 것이다.

너는 어느 순간에도 오로지 너였고
가끔 네가 되어버리는 나는
세상 어디에도 없는 사람이었다

너는 내가 될 수 없다

—「너는 내가 될 수 없다」 중에서 (p.77)

　시인은 자신도 결국 '너'가 될 수 없음을 조심스레 인정
한다. 우리는 어느 순간에도 나와 너로 존재할 수밖에 없
다는 사실을 인정하고, 자신의 수많은 시도에도 네가 되
었다고 생각한 나는 존재하지 않는 사람이었다고 쓴다.
그렇게 시인은 나란한 얼굴을 갖게 된다. 나란히 서기 위
해서는 두 사람이 필요하다. 둘은 같은 사람이 될 수 없
다. 완전한 타인으로, 나는 나로, 당신은 당신으로 서게
되었을 때 우리는 마침내 나란히 서있다. 어느 골목에서
길게 지고 있는 해와, 그 햇빛이 나란한 얼굴로 쏟아지는
풍경을 상상해본다. 그것만으로도 나는 혹한기의 밤을
견딜 수 있을 것만 같다. 시집을 덮고 나도 나란히 서본
다. 실패해도 좋다는 마음으로.

지용이 형에게

태재 (시인 · 수필가)

  지용이 형, 안녕하세요. 저 기택이에요. 형에게 편지를 쓰는 일은 처음이네요. 형도 제 편지를 읽는 일이 처음이겠죠. 이번에 광호 형의 도움으로 형의 새 시집을 세상보다 먼저 읽을 수 있었어요. 책이 된 글을 펼쳐서만 읽다가, 책이 되기 전의 글을 먼저 읽는 일이 처음이었답니다. 그래도 꽤 살았다고 생각했는데, 처음 일어나는 일이 더러 있는 걸 보면, 그동안 너무 나만의 세상에 몰두해 살았나 봐요.

  지용이 형, 형에게 시는 어떤 녀석인가요? 저에게는, 세상과 부딪힐 때 튀어나오는 파편, 그 파편을 주워서 글자로 옮긴 녀석이랍니다. 한동안 세상과 부딪히는 일이 지겨워졌고, 더 이상 파편을 줍지도 않는 요즘이에요. 그런 저에게 간혹 '요즘은 왜 안 써요?'라고 물어주는 사람들이 있는데, 저는 그들에게 "이제 세상에 별로 불만이 없네요."라고 대답해요. 솔직히는, '파편을 줍는 일은 아프고, 아프기 지겨

위서요.'지만요. 3년 만에 나온 형의 새 시집을 읽고 나니, 사람들이 왜 '시인의 아픔'을 기대하는지 알 것도 같아요.

지용이 형, 형은 그런 일을 잘하는 것 같아요. 어떤 일이냐면요, '나'와 '너'를 "우리"로 만드는 일이요. '두 사람'을 "한 연인"으로 만드는 일이요. '따로'를 "서로"로 만드는 일이요. 두 사람의 얼굴을 나란히 두는 일이요.

지용이 형, 제가 형과 모르는 사이였다면 형에게 열등감을 느꼈을지도 몰라요. 다행히 형이랑 서로 아는 사람이라 우쭐하며 지내요. 고마워요. 제가 아는 만큼의 형을 말하자면요, 형은 겉으로는 소박하고 친절한 사람이지만, 마음에는 커다란 물결이 이는 사람입니다. 그 물결은 다른 사람의 마음도 움직이곤 하죠. 마음을 움직이는 일, 두 글자로 하면 '감동(感動)'이라고 합니다.

지용이 형, 형의 이름을 자꾸 불러봅니다. 지혜롭고 용감하게. 지용. 형의 새 책에 저의 감상을 나란히 놓을 수 있어서 기뻐요. 지금 제 앞에는 눈이 내려요. 형수님과 함께 감기 조심하시길 바라요. 책 나오면 사인해주세요!

III

엄지용

Eom Jiyong

1987년 7월
'지혜롭고 용감하게'라는 이름으로 서울 출생

시인이 되고 싶냐는 물음에는 아니라고 답하고
시를 쓰고 싶냐는 물음에는 그렇다고 답할 것

무엇이 되려 하지 않아도 이미 무엇인 사람으로 살아
갈 것

읽히려 쓰지 말고, 쓰고 싶어 쓸 것
후회를 무서워하지 말고, 후회할 짓 많이 할 것
언젠가 또 다른 시집에는 더 멋진 시인 소개를 쓸 것
기억되려 하지 않고, 추억 속에 존재할 것
이런 거 이루지 못해도 딱히 신경 쓰지 말 것

엄지용 독립작품 활동

▼ 독립출판

시다발 (2014), 스타리스타리나잇 (2015), 제목은 정하지
못하였습니다 제 이름도 제가 정하지 못한걸요 (2021)

BYEOL BIT DEUL

별빛들은 기존의 방식과 형식으로부터 자유로우며 독립적으로 활동하는 문학 작가들과 협업, 그들의 작품을 대중들에게 소개하는 문학 출판사입니다.

별빛들은 독립적으로 문학활동하는 작가와의 협업을 통해 '문학'과 '출판'과의 관계를 유연하게 만들고 엄격한 기준과 검열의 과정 없이도 탄생되고 있는 작가의 예술적 가치를 소개하여 문학의 다양화, 출판의 민주화를 유발하려 합니다. 나아가 다양한 영역에서 독립된 자아실현이 이루어지는 우리 사회를 응원합니다.

나란한 얼굴

초판 1쇄 발행	2019년 1월 31일
2쇄 발행	2019년 9월 1일
개정판 발행	2022년 11월 7일

지은이	엄지용
펴낸이	이광호
편집	엄지용, 이광호
디자인	엄지용, 이광호

펴낸곳	별빛들
출판등록	2016년 8월 10일 제 2016-000022호
전자우편	lgh120@naver.com
홈페이지	www.byeolbitdeul.com

ISBN 979-11-89885-87-8